우리의 피는 얇아서

시인의일요일시집 **004**

우리의 피는 얇아서

1판 1쇄 찍음 2022년 3월 30일
1판 1쇄 펴냄 2022년 4월 5일

지 은 이 박은영
펴 낸 이 김경희
펴 낸 곳 시인의일요일

표지디자인 이호진
본문디자인 노블애드
경 영 지 원 양정열

출판등록 제2021-000085호
주   소 경기도 용인시 기흥구 연원로42번길 2
전   화 031-890-2004
팩   스 031-890-2005
전자우편 sundaypoet@naver.com
블 로 그 https://blog.naver.com/sundaypoet

ISBN 979-11-975090-4-9 (03810)

값 10,000원

우리의 피는 얇아서

박은영 시집

시인의
일요일

연하게 삽니다.

진하게 죽기 위해 연필을 꾹꾹 눌러 글을 씁니다.

무엇을 쓰든 필연이길 바라지만

우연도 사랑합니다.

인연, 심연, 본연······ 세상 모든 연을

연연합니다.

연이어 쓰겠습니다.

| 차 례 |

1부　만두

2부   갈매기는 알까

3부 해부

4부   꼬막같이 앉아

1부

만두

억새

흔들릴 수 있다는 것은 행운이다

억세게 운이 좋은 날은 앞날을 내다볼 수도 있을 테니까 말이
다 그러나 나의 흔들림은 비루해서 체머리를 앓는 독거노인의
고독을 닮았다

인생은 혼자인 것이니, 라며 애써 자위를 할수록 모든 날은 으
악새 슬피 우는 계절이었다

울음에도 곡조가 있다

그 음계를 따라 새가 둥지를 짓고 울 줄 아는 것들이 알을 깨
고 나오는 밤이면 나는 불면에 시달렸다 선대가 그랬듯이 젓가락
을 쥔 손은 떨리고 혀끝은 둔해져 발음이 허투루 새어 나갔다

늙어 가고 있구나

마른기침을 하면 어린 새들이 입 밖으로 쏟아져 나왔다 허공을

위무하는 날갯짓 아래에서 나는 갈대라는 착각을 하며 여러 해를 살았다 비루한 떨림으로 마디를 세우고 가슴이 벌어지듯 흰 머리카락을 날렸다

나는 억새,
억세게 팔자가 세서 억만 마리의 새를 키우는가

한 번 웃기 위해선 아흔아홉 번을 울어야 했다

쪽방

마늘은 육 쪽,

하룻밤 물에 불린 마늘 껍질처럼 벽지가 들뜬 내 방은 우측 복도 맨 안쪽이다 눈물이 나는 것은 쪽창이 없는 까닭이 아니다 동쪽으로 싹이 난 시절은 가고, 벽을 등진 자리에서 독하고 매운 짐을 머리에 이고 살았다 가장 무거운 짐은 몸뚱이라는 사실을 안 순간

아렸다

생마늘을 씹어 먹은 듯 입냄새를 풍기며 지내온 동안 마늘 꽃을 본 적이 있던가 하늘은 멀고 고독은 가까이 있으니 바닥을 보며 살았다

반쪽 없이

우두커니 앉은 외쪽,

내 누더기 같은 껍질은 누가 까 줄까

만두

우리의 피는 얇아서
가죽이라고 말하기 부끄러웠다
비칠까 봐 커튼을 치고 살아도 속내를 들켰다
틈은 많은데
쉴 틈이 없다는 것은 조물주의 장난

우리는 섞이지 않는 체질이지만
좁아터진 방에서 꾹꾹 누르며 지냈다
프라이팬과 냄비 손잡이에 덴 날은
입술을 깨물었다
부대끼고 어우러지고 응어리지고
그러다가 터지면 알알이 쏟아지던 찌끼 같은 시비들

찢어지게 가난하다는 말은
아직 찢어지지 않은 것
찢어질 듯 불안을 안고 사는 일이었다

처녀가 아이를 배도 이상하지 않은

무덤 같은 방,
깊이 쑤셔 넣은 꿈속에서
개털과 나무젓가락과 실반지가 나왔다
온도를 잃은 이물질들

방으로 들어오는 건
사람이 아니라
짙게 밴 냄새라는 것을 알았을 때

우리의 피는 얇아서
가죽, 아니
가족이라고 말하기도 부끄러웠다

면의 나라

싸움은 먼저 우는 쪽이 지는 거라고 했다

교복치마를 줄여 입은 선배들이
조언을 해 줬다

면 대 면,

학교 앞 분식점에서 쫄면을 시켜 먹으면 면은 보이지 않고 채
썬 양배추만 가득이라는 게 불만이라는 사고를 가지고, 삼 년 내
내 맞장을 떴다 피를 보더라도 울지 않기 위해 눈을 부릅뜨고
주먹을 쥐었다 짝다리로 선 상대의 기운에 눌려 머리끄덩이가 잡
힌 날은 입천장에서 매운 기가 돌았다

집 밖에선 아이들이 싸우고
집 안에선 어른들이 혈투를 벌였다

배운 게 도둑질이라고 한번 시비가 붙으면 목숨을 걸곤 했다
물불을 가리지 않고 죽일 듯 달려들면 지는 법이 없었다 이 육탄

전의 진리는 맞장 외의 모든 일에 적용되었다

지는 게 이기는 거라는 말은
겁쟁이들의 변명

진정한 고수는 싸움의 이유를 잊어버린 채 주먹을 휘두르거나
모르는 사람과 눈빛만 교환하고 암묵의 결투를 벌인다 마음과
머리를 비우는 무아지경의 세계

나는 선방을 날렸다 심장은 쫄깃해지고 목숨을 건 질긴 싸움
이 끝날 때까지 여기는 면의 나라, 쫄면 울면 지는 거라는 규칙이
생생했다

구슬

구두를 신은 누나가
마당에 구멍을 만들고 간 장맛날이었다
금방 돌아온다며
눈깔사탕을 손에 쥐어 주고 갔는데
검은색을 띠며 깊어진 여름의 구멍,
잃어버린 구슬처럼
굴러간 것은 돌아오지 않았다

시간과 공간이 휘어지는 놀이
여기가 어딘지 몰라
나는 사탕을 녹여 먹으며 구슬을 만지작거렸다
검지를 튕기면
혜성의 꼬리가 눈앞을 긋고 지나갔다
생선 눈알을 빼 먹고 배꼽을 파며 놀아도
돌아오지 않는 오후

잃어버린 것은 찾지 못한 게 아니어서
구슬처럼 작아진 나는

오도카니 장마가 끝나기를 기다렸다
낮은 쪽으로 몸을 뉘는 비구름을 보면
눈물이 고였다

얼마나 더 잃어야 어른이 될까

구슬 너머의 마당은
우주만큼 아득하고 구멍처럼 깊어,
주머니 안의 구슬들이
구슬프도록 빠져나오는 것이었다

퀸 Queen

흔들리지 않는 편안한 미래를 꿈꾸던 순간부터 탄력을 잃었다
숙면의 날은 가고 코끼리 같은 몸을 받아 낼 적마다 꼬인 말들이
입 밖으로 튕겨 나갔다

내 꿈은 뭐였더라

어둠의 무게에 눌린 자리는 복원되지 않고 그날의 기상에 따
라 삐걱거렸다 그러나 나는 내조의 여왕, 모든 사건과 얼룩을 푹
신하게 품어 낼 수 있다 꺼지는 볼과 목주름 따윈 신경 쓰지 않
고 당신의 내일을 지켜 줄 수 있다,

라고 생각할 때면
버티는 자세로 붙박이가 되어 가는 형식

누군가에게 버려지는 일이 무서운 게 아니라 다시 시작하는 일
이 무거운 것이다

아홉 자 장롱과 앉은뱅이 화장대 사이 공식처럼 배치된 밤, 내

자리는 여기라고 잠옷을 입은 당신은 말하지만

나는 가구가 아니다

즉석복권

가능성은 긁지 않을 때 일어나는 사건

우리는 서로의 등을 긁어 줬다 꽝인지, 행운인지 손 닿지 않는 곳을 긁어 주는 사이가 되었지만 잔소리를 하며 바가지를 긁을 때가 많았다 긁을수록 앞날은 보이지 않고 마른 등판만 눈에 들어왔다 일확천금의 불가능을 확인하는 순간이었다

눈으로 보지 않고 믿는 것이
가장 쉬운 일

긁지 않고 그대로 두는 편이 나을 뻔했다 우리는 꽝이란 것을 안 뒤 즉석요리를 먹듯 뭐든지 쉽게 화를 내고 아무것도 아닌 일로 찢어지자며 언성을 높였다 어떤 날은 긁다가 혈흔을 남기기도 했다

손톱은 피를 먹고 자랐다 우리의 관계에서 남은 건 피밖에 없다는 생각을 할 때, 등골은 물론이고 이마와 미간, 손등…… 온 몸은 그야말로 손톱자국으로 이글거렸다

그래도 한 가지

우리가 낳은 자식은 가능성이 많은 아이라고 여겼다

그 희망을 간직하고 살았다

등

캄캄한 면이었다

그 가파른 부위는 하루에도 수없이 떨어져야 하는 벼랑이었다

발밑에서 주워 온 어둠으로 벽을 만든다 사람과 사람 사이에
벽이 있다는 사실을 상喪을 치르기 전엔 몰랐다 동네 어른들은
나를 보면 혀를 차다가도 선을 긋듯 벽을 세웠다

허기가 몰려오는 밤엔 몰래 담을 넘었다 담을 넘다 걸리면 등
짝이 부어올랐다 척추가 휜 것은 후천적 기형

바람의 뿌리가 겨드랑이를 뚫고 나오는 계절도 등골 하나 넘
어가는 일이었다 금간 어둠이 가렵다는 걸 이젠 알 만한 나이, 벼
랑에서 떨어지는 꿈을 꿀 때면 캄캄한 면을 보이고 밀린 빨래를
했다 혼자서 비틀어 짜는 등 너머가 아팠다

허공을 오르는 길,
고름이 터졌다

사람들은 그걸 등꽃이라고 불렀다

바다는 바닥을 드러내지 않는다

울림 있는 책이다

배 지나간 자리마다 밑줄이 그어지고 깊은 문맥 속에 빠져 실
종된 사람들은 해마다 만선의 배경이 되어 돌아왔다

어디까지 읽었더라

울다 웃다

백사장에 앉아 다독하는 날엔 내가 부록 같은,

어느 장이 끝인지 알 수 없는 이야기들로 넘실거리는 전집, 낱
장이 해지는 건 항구에 정박해 있는 서표들과 각주로 달린 등대
와 야광찌로 표시해 둔 페이지를 밤새워 정독하는 사람들이다

지금은 밀물의 단락

저 책을 다 읽어 내기엔 생이 모자랄지도 모른다

추억이 있는 한
이야기는 끝이 없을 테니

바다는,
바닥을 드러내지 않을 것이다

담석

나는 소화되지 못한 먹이

해질녘이면 나를 삼킨 물고기의 눈이 붉었다

닫아 놓은 풍경의 배율 사이로 저녁이 오고 침침한 고요 아래
배뇨의 시간이 힘겨웠다

죽지 않는 건 축복이 아님을…… 회전하는 그림자가 무서워
신앙을 가졌다 어두운 동선을 따라 박힌 별들을 보면 동병상련
의 아픔을 느꼈다

나는 외로운 모양으로 살아가는 내부인

배설되지 못하고 여러 개의 골방에서 발견되었다 외톨박이, 늘
어딘가에 숨어 웅크린 채 신을 불렀다

응답이 없어 우울한 뱃속, 서간체의 유서가 쌓이고 바람의 방
언이 통역되고 끈끈한 어둠에서 비린내가 났다

생각이 많은 건 죄임을…… 물고기가 굳게 닫힌 입을 열어 이
물질을 토해 냈다

이곳은 니네베*

나는 길을 잃어도 울지 않을 만큼 단단했다

* 구약성서 요나서에 나오는 수도

멸종의 단계

쉬는 날,
호랑이를 보러 동물원에 갑니다
야생에선 멸종되었죠
고양이과의 포유류가 철창에서도 사라진다면
호피 가죽이 프랑스 경매에 오르겠죠
공장에선 모형 장난감을 찍어 내고요
호랑이 서식지였을 만한 곳을 선정해
테마파크가 조성되겠죠

이 세상에서 사라진 것들의 수순입니다

지금은 동물 생태도감의 시대, 우리가 총을 발명하지 않았더라면 태백산에서 호랑이 울음소리가 들렸을 거예요 호랑이가 물어 갈지 모를 밤들이 꿈을 꾸게 했을지도, 강도나 바바리맨으로부터 안전했을지도, 누군가 미친 호랑이가 되어 범죄와의 전쟁을 선포하는 일은 없었을지도 몰라요

이제, 호랑이는 무섭지 않아요

연신 하품을 하며
야생의 기억을 잊어버린 자세로 요양을 합니다
산중호걸은 옛말이죠
떡 하나 주면 안 잡아먹을 거란 약속을 지킬 것처럼
온순합니다
철창 너머 하늘을 살기 없이 바라보다
누구시오?
눈만 끔벅거리죠

플라나리아*

습기가 많아 잠을 자주 깹니다

어젠, 소름 끼친다는 말을 듣고도
상을 차렸습니다
징그럽다는 소리는 싫지만
본질을 숨기고 싶진 않습니다
냉장고를 열고
빈속을 보며 놀라는 눈들
동공이 커진 것은 동경한다는 뜻이니까
의식하지 않습니다 겨울이면
찬물이 나오는 수도와 연애를 하고
여름이면 미지근한 마음으로 삽니다
봄가을엔 먹을 게 없어도
키가 자랍니다

눈물은 유전이란다
놀란 눈들이 저주를 걸며 치부를 들여다봐도
꿈틀거립니다 토막토막

내 몸을 절단해도 참아 낼 수 있습니다
나는 바닥에서 태어난 이름,
주문을 외우듯
이 땅의 고통에서 풀려나리라
젖은 치마를 벗고 몽유하는 새벽
손목을 그은 자리에
입이 생깁니다

* 재생력이 강한 편형동물

2부 | 갈매기는 알까

여름방학

어린 새가 전깃줄에 앉아 허공을 주시한다 한참을 골똘하더니 중심을 잃고서 불안한 오늘을 박차고 날아오른다

나의 비행은 어두운 뒤에서 이루어졌다 학교 뒷산, 농협창고 뒤, 극장 뒷골목 불을 켜지 않은 뒤편은 넘어지거나 자빠지는 일의 연속이었지만 뒤보다 앞이 캄캄하던 시절이었다 솔직히 말하자면 앞뒤를 가리지 않았다 백열등을 깨고 담배연기 자욱한 친구의 자취방을 박차고 나온 날, 전깃줄에 걸린 별 하나가 등을 쪼아 댔다 숙제 같은 슬픔이 감전된 듯 저릿하게 퍼지는 개학 전날 밤, 밀린 일기보다 갈겨 쓸 날들이 무겁다는 걸 알았다

새가 날 수 있는 건 날개 때문만은 아닐 것이다 제 속의 무게를 훌훌, 털어 버리는 까닭일지도 모른다 그게 날갯짓이라면

모든 결심은 비상하다

갈매기는 알까

새우깡을 쥐고 팔을 뻗으면 갈매기가 채 갔다 손에 쥐고 있는 것은 사라졌다 사라지지 않고 남은 건 검게 그은 모녀와 조개껍데기로 만든 목걸이뿐이었다

조금과 사리가 반복되는 겨울

너에게 아버지가 다섯 있었고 지금 있는 자도 네 아버지가 아니니 네 말이 참되도다*

엄마가 인공호흡기를 달고 중환자실에 누워 있을 때, 나는 새우깡을 녹여 먹으며 작은 움직임을 찾아다녔다 조개껍데기를 줍던 바닷가 패각의 무늬처럼 추억은 아픈 부위에 남는 것, 한때 진주를 품었을 가슴 안쪽에서 심장이 뛰고 있었다 그 파동으로 몸의 가장 먼 곳에서 뱃고동은 울리고 밀물은 드는 것인가 깎지 못하게 뭉그러진 발톱까지 바다였다는 것을 갈매기는 죽어도 모를 일

소주병을 쥔 사내를 일으켜 세우려 안간힘을 쓰다 쓰러진, 엄

마의 입술이 파란빛으로 물들어 가는 사리 물때

중환자실 창밖엔
조갯살 같은 눈이 내리고

나는 새우깡을 녹여 먹다 까진 입천장만큼만 아팠다

* 요한복음 4장 18절 패러디

귀소본능

종로 낙원상가, 비둘기들이 땅으로 내려왔다

새의 낙원은
하늘이 아니라 종로구이다

아이의 손을 잡고 집을 나왔을 때, 정류장 앞에서 동공은 흔들리고 옷자락은 세차게 퍼덕거렸다 하필, 여름이었고 아이가 복숭아 맛 하드를 사 달라며 보채니 세상이 막막했다 양푼에 찬밥을 퍼 담아 열무김치와 고추장을 넣고 쓱쓱 비벼 먹을 수 있는 골목으로 돌아간 것은 본능이었다 날갯죽지가 뻐근하도록 얻어맞은 비만한 몸을 이끌고 낙원의 중심으로 걸음을 내디딜 때마다 조율되지 않은 말들이 새어 나왔다

이년의 팔자가 이 모양 이 꼴인 게지

눈을 부릅뜨고 허기를 달랜 나는
발목에 파스를 붙였다

팔자걸음을 걷는 음표들
비둘기가 낙원을 떠나지 못하는 까닭은
무거운 발목 탓일지도 모른다
전깃줄이 오선지처럼 늘어진 하늘은
도돌이표로 연주되고

먼 길, 돌아온 자리가 후끈거리는 것이었다

자개무늬 화장대 서랍엔 지느러미가 있다

그게 가짜 속눈썹이라는 걸 알기까지
유년을 허비했다

세상에서 제일 예쁜 건 인어공주가 아니라 물질을 하는 엄마였다 속눈썹으로 바람을 가르며 선창을 가는 길, 뱃사람의 시선에서 비린내가 풍겼다

믿거나 말거나
상상은 부력을 지녔다

해녀의 화장대를 물려받은 나는 삼척미용실 원장의 권유로 상어 같은 남자를 만났다 잠망경을 쓰고 심해를 탐험하고 싶었던 미지의 여인은 자궁 속에서 망상을 키웠다 만삭이 되도록 입덧을 하였지만 미스코리아 진이 자라고 있다며 믿었던 그때가 아름다운 순간이었다

덜컥 생긴 딸아이가 미인으로 태어날 리 없다 예정일을 넘기고 양수가 터진 날, 망상도 함께 사라졌으니

자개무늬 화장대 서랍에 고이 꿈을 간직한 엄마처럼 가짜 속 눈썹을 붙인다

태생은 숨길 수 없는 법

망상어는 망상어를 낳고 망상어를 낳는다

계산동*

어린 나는 셈이 흐린 아버지를 따라 화투판을 다니며 계산을 했다 어떤 날은 변소에 간 아버지 대신 광을 팔기도 했다 닭장 아저씨는 피박 십팔 점, 암산을 하는 머리를 구린내 나는 손으로 쓰다듬어 주곤 했는데 외우지 못한 구구단보다 딴 돈을 잃고서 본전도 못 찾은 아버지가 엄마의 머리채를 흔들고 독박을 씌울까 봐 걱정이었다

뒤 패가 잘 붙은 하루

판을 접고 노름 돈 갈음으로 받아 든 암탉을 들고 가는 길, 다리는 아버지와 오빠, 날개는 엄마와 나, 껍질은 할머니, 가슴살은 언니, 내가 미리 계산을 해 놓았지만 아버지는 푹 삶은 백숙을 독식하였다

닭기름 뜬 국물에 밥을 말아 먹고 똥을 싼 저녁

한 사람만 빼고

식구들이 변소 앞에서 차례를 기다렸다 똥을 먹고 자란 나무에
서 오동잎이 떨어지자 닭이 울었다

나는 달이 우는 거라고 힘을 주었다

* 인천광역시 계양구에 있는 법정동

화투의 방식

한때, 꽃이었던 적이 있었다

승부욕이 투철해 모이면 패를 섞었다 숨소리를 죽인 채 기리를
떼고 호기롭게 퉁을 외쳤다 삑, 하면 싸고 나가리가 되었지만 폭
탄을 안고 살았다 못 먹어도 붉거나 푸른 띠를 두르고 눈먼 새
다섯 마리를 잡으러 날밤을 샜다

죽고 사는 일이었다 그러나 싹쓸이를 한 인간은 죽지도 않았
다 패 한 장을 잃은 나는 광을 팔았다 나중엔 껍데기도 팔았다
막판을 웃으면서 끝낸 적이 있던가

우리는 판을 엎고 멱살잡이를 하며 막판까지 갔다

흩날리는 꽃잎들,

그땐 모두가 화를 잘 냈다

딴 사람은 없고

잃은 사람만 있었다

짐의 용도

역 광장, 한 노인이 보따리를 머리에 이고 걸어간다

노인과 짐은 한 몸이다

낙타의 육봉처럼,

그리하여 모든 짐은 무겁다 손과 어깨를 지나 머리로 올라오기까지

짐은 길을 안내하고 인내하게 하였다 나무는 그늘을, 꽃은 향기를, 새는 날개를, 바람은 흔들리는 삶을 혹처럼 달고 오늘을 건너왔다

무거우나 내줄 수 없는 머리가지*

노인이 짐을 이고 가는 게 아니라 짐이 노인을 무사히 붙들고 가는 것이라고 할 수 있겠다

가도 가도 먼 길을 끝까지 눌러 살아가게 하는,

누름돌

이곳에서 저곳까지

보따리를 이고 가는 노인의 뒷모습은 얼마나 묵직한가

* 파생어를 만드는 접사로, 어근이나 단어의 앞에 붙어 새로운 단어가
되게 하는 말

종이배

일찍 철이 든 나는
강철로 만든 배가 아니라는 것을 알았다
세상살이는 접는 법을 배우는 과정
입가와 눈가, 미간 사이
누군가가 계획한 길의 골이 깊어서
밤은 오고
이슬은 내렸던 것인가

점선으로 표시해 둔 길을 기억하는
한 장의 몸

답습하거나 전이된 이상은
원래 내 것이 아니라 기우뚱거렸다
난파될 것을 두려워하지 않고 나아갔으나
물결 넘어 물결이었다
젖은 속옷은 파랑과 맞서던 돛
뒤집힐 것 같은,
뒤집어 보여 주기도 했던 접은 몸을 펼친다

안간힘으로 구겨진 지도 한 장
주름을 벗어난 나는
공중으로 흩어지는 헛기침보다 가볍게

가기도 잘도 간다
서쪽 나라로*

* 윤극영의 〈반달〉 가사 중에서(1924년 작)

저기압가족*

예보에 없던 비가 지나갔다

아버지는 젖은 옷을 갈아입으며 기상캐스터를 욕했다 비닐우
산이라도 사서 쓰고 오지 그랬냐며 중얼거리는 할머니의 무릎이
부어 있었다

우산은 비 오는 날의 감정

동생이 우비를 사 달라며 울음을 터트렸다 저기압의 중심에서,
할머니는 이른 저녁을 차리고 가라앉았다 주전자를 든 한쪽 팔
이 부러진 우산살처럼 펴지지 않았다

지금은 물 말은 밥을 밀어 넣어야 할 때,

나와 동생은 비 냄새를 풍기며 하나의 전선 위를 따라 걸어갔
다 벼락 맞을 년, 빨랫감을 모으는 할머니의 검은 눈 밑은 떨리
고 일찍 자리를 깔고서 돌아누운 아버지, 어깨가 들썩거릴 적마
다 천둥소리가 들렸다

큰비가 올 것 같았다

* 하나의 전선 위에서 잇따라 발생하는 저기압의 한 무리를 일컫는
기상용어

공유

어린 이주노동자가 핸드폰 대리점 안을 들여다본다 가격을 묻는 서툰 말이 연결을 시도해 보지만 '새우젓 2kg 만오천 원' 전단지가 붙은 통유리를 사이에 두고 어두운 귀와 까만 눈이 혼선되는 밤이다

한 공간 안에서
핸드폰과 새우젓이 공존하는 세계

굽은 등이 굽은 등을 품어 내 하나의 회선으로 이동하는 타국의 유영법

체류 기간이 끝난 그는 단속을 피해 와이파이가 잡히는 곳을 찾아다닐 것이다 비밀번호를 걸어 놓은 세상, 지문 묻은 외관을 닦거나 금간 날의 틈을 최저임금으로 메우고 시끄러운 알람 소리를 들으며 꿈을 깨야 할 것이다

이것은 융화와 동화를 이루는 염장의 과정

어린 이주노동자는 생생한 걸음으로 어둠 깊이 사라지고

소금기가 도는 밤하늘,

키패드를 누른 자리마다 새우등이 터진다

나는 가난을 부끄러워하지 않는다

그러나, 감자탕 大자가 아닌
우거지 해장국 세 개를 주문할 때 부끄러웠다

아침을 금식하고 위내시경을 받은 늙은 아비와 어미, 먹은 게
없어 깨끗한 위장 속으로 꺼져 가는 숨을 밀어 넣었다 등뼈에 붙
은 살을 발라 먹고 등골을 빼 먹고 돼지기름 뜬 국물 한 숟가락
까지 긁어 잡수신 뒤 들깨가루 묻은 입을 닦으며 계산서를 들여
다보다 원고료로 먹고사는 가난한 막내딸 손에 구겨진 지폐를
쥐어 주는 것이다

식당을 나와 집으로 가는 길, 다음부턴 외식하지 말자 체머리
를 흔들며 구부정히 언덕을 올라가는 가로 木과 세로 木

십자가 모양의 그림자에 업힌 내 가슴은,

뚝배기보다 검고
뚝배기보다 무겁고
뚝배기보다 뜨거워지는 것이었다

끝에서 첫 번째

세상의 쓴맛은
한밤중 더듬어 찾은 젖꼭지로부터다

젖을 떼기 위해 발라 놓은 마이신을 맛본 뒤 일찍이 우는 법을
터득하고 손가락을 빨았다 허기의 힘으로 마루 끝을 벗어나 극
을 향해 신발코를 찧어 대며 대문을 나서니 딴 세상이었다 손끝
으로 담배를 쥐고 피우는 패거리들과 용두사미가 되어 몰려다닌
시장, 귀퉁이에서 꼬리지느러미를 칼날로 내리치는 여자가 엄마
라는 사실이 부끄러웠던 나는 세상을 끝장내고 싶었다 용의 꼬리
로 사느니 뱀의 머리가 되리라 연필심을 깎으며 코피를 쏟았다

허공의 멱을 따는 칼끝과 가난한 꽁무니를 따라 걷다 보면 소
주, 변리, 씀바귀, 이별…… 끝에서 첫 번째 골목이 나오곤 했지
만 나는 마이신보다 쓴맛은 찾지 못했다

죽을 만큼 쓰디쓴 그 끄트머리에서
꽃은 피고,
이런 쓸개 빠진 놈이라는 소리가
코끝을 물들였다

구리를 찾아

그가 폐 전선의 피복을 벗겨 낼 때면
내 방엔 전기가 들어왔다

꿈은 아무런 자각증상이 없는 병, 전선 같은 인대가 끊어졌을
때도 그는 아픔을 느끼지 못하고 몸속 깊이 쌓아 두는 걸 좋아
했다 어디를 뒤져 봐도 어두울 뿐, 해몽되지 않는 무게만큼 그는
선천적으로 구릿빛 침묵을 가지고 있었다

내일은 캄캄한데,

리어카를 밀고 미래자원으로 가는 그의 눈빛은 형광등을 켜
놓은 듯 환했다 그런 날이면 내 방엔 슬픈 꿈이 전선을 타고 왔
다 연필이 아닌 다른 것을 쥔 한쪽 손목이 저릿저릿했다

샹들리에가 있는 거실을 상상하는 밤

그는 날마다 전선의 무게를 늘릴 테지만 불을 켜듯 대답해야
할 것이다

윌슨 씨*

당신은 왜 그렇게 구리, 구리 했는지

* 윌슨씨병(Wilson's disease): 유전성 대사 이상증상의 하나로 구리
가 몸속에 침착되는 희귀질환

3부|

해|
부|

파레이돌리아*

얼룩입니다
한낱, 인간의 모습을 한 나는
그들이 알아보기 전까진 아무것도 아닙니다
예정일을 두고 태어난 게 아니라
단지, 묻은 거니까
교과서 김칫국물이나 청바지 생리혈
흰 와이셔츠의 립스틱으로 존재합니다
언젠가는 탄로가 날 운명

호랑이와 사람은 자꾸 뭔가를 남기지만
이미 흔적인 나는
화성의 건축물과 달 표면의 토끼가 부럽지 않습니다
그것은 미지와 지미의 차이
얼룩이란 글자가 얼굴로 보인다면
당신도 나와 같은 혈통,
태몽의 유래는 가장 작은 점에서 시작됩니다

어디서 본 적이 있는 얼굴이에요

나는 평범한 자국,
비 오는 날엔 조금 더 키가 자라고
한여름엔 매미 울음소리로 연해지다가 아침이면
모호한 모양으로 나타납니다
그들은 옷자락에 묻을까 봐 피하다가도
무심코 큰 그림을 그립니다

가능성은 더러운 것

누군가는 나를 보고 길을 찾기도 합니다

* Pareidolia : 변상증(變像症)

돌무늬

저 그림은 발로 차이고 내던져진 날들의 혹은 그 반대의 기록
이다 여의주를 물고 승천하는 용이거나 포효하는 호랑이거나
날선 도끼였을지도 모를 문신들

한때는 신앙처럼 여긴 적이 있다 자신보다 무늬를 믿으며 누군
가의 머리통을 향해 달려든 적이 있다 바윗돌이 깨져 돌덩이가
되고 돌멩이와 자갈돌, 모래알이 되고 나면 비로소 힘없는 가장
이 되는 법

어깨끼리 부딪쳐 부싯돌처럼 발화하던 날들은 이미 뒷골목을
돌아 나갔다 구름 깊이 꼬리를 감춘 용이거나 이빨 빠진 호랑이
거나 녹슨 도끼 같은 파편 자국들

그 옛날 무늬는 희미해졌지만

주먹 안에

맨땅을 들이받으며 굴러와 박힌 내력이 있다

유기의 기록

어제는 아파서 토해 낸 것을 도로 핥아 먹었습니다

먹을 게 없다는 것은 아픈 일입니다

모르는 사람이 웃으며 다가와 상한 말, 비린 숨, 먹다 남긴 오늘을 주고 갑니다

꼬리를 흔드는 것은 추한 일

유기 마흔일곱 달째, 고양이를 봐도 짖을 힘이 없어 털이 빠집니다

허기가 지고 혼자라서 정착하지 못합니다

고드름과 땀은 마음에서 나오는 분비물, 겨울은 온몸이 송곳니 같고 여름은 깽판을 부려도 시원치 않지만

이것은 계절 탓이 아닙니다

외로움은 왜 냄새가 나는지, 공중의 새들은 배고픈 줄 모르고 날아다니는데 나는 왜 허기를 천형처럼 달고 사는지 모르겠습니다

모르는 사람은 주인이 아니니까 친절합니다

그 웃음의 잔밥을 얻어먹을 때마다 눈치를 봅니다

눈이 내립니다

차디찬 밥알이 눈곱으로 쌓여 갑니다

ㄹ

무릎을 꿇고 걸레질을 합니다

어디론가 흘러가는 느낌
배밀이를 하는 파충류처럼 기어서 기도를 하듯
얼룩을 닦고 모서리 틈으로 스며들어
옆방과 옆방과 옆방을 지나
성자에게 입을 맞춘 가룟 유다의 목을 휘감는,
리을은 차갑습니다

밧줄처럼 동여맨 죄의 형식
여인의 발꿈치를 물고 도망가는 뱀은
흐르는 원죄를 알고 있습니다
배면이 닳도록 흘러가
회칠한 벽에 닿으면 긴 소름의 허물을 벗고
탈피하는 리을,
어제의 내가
옆구리를 지나 찢어진 휘장 안으로 달아납니다

진실로, 진실로 이르노니
허물고 싶은 글자

리을이 없는 세상은
허무합니다

방석

나는 목화밭에 가는 언니의 뒤통수를 보고 살았다

가만히 누워 있으니
미물들이 무릎으로 기어 올라왔다
젖은 얼룩이 묻고 마르기를 여러 해,
내 몸에서 묵은 냄새가 났다
기다림 속에도
미생물이 살아 번식하는 걸까

미물들과 대화를 나누고
그것들의 기도를 알게 되었을 때
기다리는 일이 지루하지 않았다
한자리를 지킨다는 건
내 안의 솜이 죽도록 세월의 무게를 견뎌 내는 일
생존을 위해 진화하는 피조물처럼
기어이,
바닥을 닮아 가는 일이다

언니는 뒤통수를 보이고 목화를 따러 갔지만
바람이 불면
흰 솜보다 가볍게 헤실거리며 돌아와
무릎을 어루만지면서
목화밭 이야기를 들려줄 것이다

이게 나의 기도라고,

다리가 많은 미물들에게 말해 주었다

해부

개구리의 울음주머니를 움켜쥐면
우는 일을 그칠 것 같았지

나는 준비물로 잡은 개구리에게
언니의 이름을 줬다

아이를 잃은 뒤 독약을 마신 언니는
온종일,
내 귀에 대고 울어 댔다

과학실 유리판 위로 올려놓고 해부한
개구리처럼
언니가 흰 배를 보이고 풀밭에 드러누운 날
하늘과 땅 사이가
소독약 냄새로 진동했다

메스를 쥔 손이
떨리지 않는 것은 아니었다

그만 울어,

나는 개구리의 배를 가르고
심장을 꺼냈다

그날부터였지
눈을 비빌 때마다 울음소리가 났다

박쥐

햇빛이 닿으면 목덜미가 타는 듯했다

송곳니는 자라고 십자가를 봐도 가슴은 찔리지 않았다 관 같은 쪽방에서 영원히 사는 꿈을 꿨다 월경은 언제 했더라 피를 생각하다가 갈증을 느끼며 잠이 들었다 학교 가야지, 돌아누운 엄마의 한숨에서 마늘 냄새가 풍겨도 아침은 죽은 척 일어나지 않았다

헌혈과 흡혈 사이를 오가는 길은 깜지처럼 어둡고 어느 한 장면에서 달이 뜨곤 하였다 드라큘라보다 주삿바늘이 무섭다고 영어 단어장에 쓴 낙서를 지웠다 무서운 건 따로 있었다

암막 같은 내일,

체육복은 몇 반 누구에게 빌려야 할까 아무도 빌려주지 않을 거라는 걸 알기까지 몇 번이나 그날을 헤아려야 할까

아버지는 아무 날짜에 대문을 걷어차고 들어와 피 같은 돈을 뜯어 갔다

불순한 동굴

나는 거꾸로 매달려 눈을 감았다

구지가 龜旨歌

이 밤, 토끼는 잠들었겠지

나는 거북스럽게 목을 움츠리고 야근을 한다

토끼와 나의 거리는 사계, 빨간 꽃 노란 꽃 꽃밭 가득 피어도*
삶은 정당치 않았다 정정당당한 밤은 없어 입에서 입으로 노랫가
락을 넘겨주는 것

결승점은 보이지 않고
토끼가 당근을 쥐고서 잠을 자는 길목이다

목이 잘리는 꿈을 꾼다 명퇴를 당한 친구는 평생 목 없이 살아
가야 한다고 했지 목 좋은 선술집, 닭의 모가지를 비틀고 나면
거북목증후군의 통증을 잊곤 하였지

머리와 몸통을 잇는 노래에서 구운 냄새가 나는 밤, 토끼는
늦잠을 잘 것이고 나는 잘도 도는 미싱 앞에서 한생을 바쳐야
겠지만

따스한 봄바람이 불고 또 불어도 목주름을 잡으며

거북이 달린다

* '노래를 찾는 사람들' 2집 수록 곡 〈사계〉의 가사
중에서(1989.10.01. 발매)

파레토 법칙*

열 마리 개미 중에서 일을 하는 개미는 두 마리뿐입니다

둘의 뼛골을 빼먹는 나머지 여덟 마리는

아마도 정치인,

평소엔 코빼기도 보이지 않다가 선거철만 되면 돌아와 열심히
일을 합니다 2 대 8 가르마를 타고서 왔다 갔다 악수를 청하고
국밥을 먹으며 서민 코스프레 놀이를 합니다 어느 아침은 환경
미화원이 되었다가 시장이나 종교시설을 방문해 장보는 척, 신
자인 척 흉내를 내기도 합니다

체험과 삶은 다르다는 것을 모릅니다

길 위에서 구두를 벗고 큰절을 하거나 전국을 누비며 다녀도

발바닥이 닳는 건

개미 두 마리, 근로노동자들뿐입니다

* 통계적 법칙으로서 전체 결과의 80%가 전체 원인의 20%에서 일어난
다는 현상을 가리킨다. 일명 2 대 8 법칙

가리비

오늘은 흐리고 비,
슬픔을 가리기 위해 일기를 쓴다

일기가 숙제였던 시절, 나는 받아쓰기보다 가리는 법을 배웠다
즐거운 일을 지어내 칸을 메우고 눈물을 손등으로 닦으면서 웃
는 얼굴을 그렸다

가리지 않고 사는 원시부족은
문자가 없고
벌거벗은 몸에 진흙을 발라 그림을 그린다
사냥한 새끼 원숭이를 구워 먹고
그 뼈로 귀를 뚫어
한 날의 감정을 춤으로 내려쓰는 것이다
기쁘면 기쁜 대로 슬프면 슬픈 대로
가리지 않고 사는 삶은
얼마나 서정적인가

가정방문 날, 내가 쓴 일기는 거짓말인 게 탄로 났지만 그 후로

도 나는 칸칸이 없는 이야기를 지어냈다

오늘은 가리고 비,
일기를 쓴다

검사가 아닌 위로의
참 잘했어요, 도장을 받고 싶은 것이다

월식
─유령선

내 몸을 끌고 가는 것은 흔들림이었다 두 손을 모으고 무릎으로 저어 가도 바닥의 깊이를 알고 있으니 난파하지 않았다

기름 창고가 빈 것은 오래된 이야기

허기를 넘는 일은 동력원이 되었다 만월을 품고 떠도는 밤들, 젖이 사무치게 그리울 때면 전조증상처럼 악몽, 무인도, 파리한 얼굴들이 나타났다 놀라지 않은 건 본향을 떠난 탯줄에서 비롯된 현상이다

나는 유령의 외투를 껴입은 순례자

관절을 꺾는다

모든 간절함에는 종착지와 환도뼈를 치는 응답이 있다

검은 자락으로 뒤덮인 때,

그들은 놀란 눈으로 멀리 서 있고

나는 흑암으로 가까이 간다*

* 출애굽기 20장 21절 인용

숨바꼭질

술래가 된 지 오래되었다

우주는 아득하고 별자리를 봐도 해답이 보이지 않아 지금까지
찾아낸 나는 숨은 그림자들이 사는 밤, 달이 뜨는 거울, 발자국
소리가 자라는 다락방과 새가 우는 달력, 치맛자락을 날리며 돌
아본 뒤편이다

언젠가 본 듯 낯설지 않은 풍경과
어렴풋한 잔상들

머릿속에서 숨죽여 웃는 또 다른 나는 숨은 사람이다 검은 머
리카락이 눈꼬리를 타고 흘러내리는 한 공간에서 공존하는 두
개의 인격, 우리는 간밤의 일을 알고 있다 면도날이 녹슬고 수면
제에 곰팡이가 필 때까지 끝나지 않을 놀이

자살은
숨은 나를 찾아 죽이는 일이다

4부|

꼬막같이 앉아

큐리오시티*

나는 무거운 자아를 가졌다

중력을 거스르는 새벽

무게를 버린다

한곳으로 향한 다리와 움켜쥔 손을 떼어 내고 매달린 두 팔과
밤마다 포란의 둥지를 지어 놓은 머리와 무게를 늘린 불안한 생
각을 분리시킨다 너를 찾아 미친 듯이 헤매던 지난날의 몽유

차라리 이 모든 게 꿈이길 바란 적이 있다

집착은 화성을 만들고

생명이 살 수 없는 근원으로 바꾸었다

천근만근 무게를 버리고 미지의 별을 탐사하듯 너의 표면에서
기어이 생존할 것이다 척박한 대지에 물이 돌고 플랑크톤이 춤을

출 때까지 네 곁을 떠나지 않을 것이다 귀환을 포기한 행로

너라는 행성으로 진입하는 길

이제, 심장 하나만 남았다

* 화성 탐사선

어학사전

있다, 라는 말 속엔

발맞춰 걷는 이들이 있다 기운 오늘을 받친 지지대와 손을 잡은
연인과 어깨동무를 한 객기가 있다 산 넘어 산과 제비를 키우는 지
붕들과 지팡이를 쥔 노인들과 네 번의 획을 그은 계절이 있다

연을 잇기 위해 혼자 기다리던 날들

셋이 되기 전의 이야기

삶을 머리에 이고 가는 이들은 알고 있다 당신이 아니면 말이 되지
않는다는 것을, 오래 한자리에서 끼적거린 기억이 있는 완전한 받침

연을 잇고 하나가 된 말, 있다

그 단단한 말 속엔

만삭의 배를 내밀고 걸어가는 부부가 있다

꼬리 잇기 놀이

우리의 대화는 원숭이로 시작해서 백두산으로 끝났다

서로 말꼬리를 잡으며 사과를 맛있게 먹었지만 사과는 서툴러
얼굴을 붉혔다

교합은 닮은꼴을 찾아가는 여행,

한 몸이 되기까지는 많은 연결고리가 필요했다

내가 바나나 길이에 민감한 반응을 보이는 사이

당신은 레일을 조립했다

꼬리에 꼬리를 물고 태어난 아이들이 말꼬리를 흐리며 기차를
타고 떠났다

알맹이가 빠져나간 자리에서 자주 미끄러지고 아픈 방향으로
등을 돌린 채 궤도를 이탈하기도 했지만

우리는 높은 곳에서 재주를 부리며 살았다

원숭이와 백두산의 관계,

끼워 맞추다 보면

모든 것은 말이 되어 있었다

도마 刀馬

나는 식칼을 쥐면 뒤를 보는 버릇이 있다

누군가가 말을 타고 쫓아오는 듯한 느낌, 칼질 소리가 유난히
시끄러운 날은 쿤타킨테*의 자유를 생각하다가 종종 손가락을
벴다

절망은 도망칠 곳이 없다는 사실을 받아들인 후
절절하게 드는 망령이다

곰팡이 핀 생각을 햇빛에 말려도 불안은 사라지지 않고 불신의
자국을 남겼다 사랑이든 증오든…… 뿌리까지 죽이는 일은 불
가능하므로 자꾸 뒤를 돌아봤다 쫓고 쫓기는 도피의 행각, 나
는 의심이 많아 주위 사람을 경계했다 그들의 손과 발, 옆구리에
난 상처를 확인하고 구운 생선을 나눠 먹곤 했다

사나 죽으나
도망자의 절박한 뒷모습

등에 칼을 꽂았다

나는 쫓고 쫓기는 일을 동시에 했다

* 알렉스 헤일리의 소설 『뿌리』의 주인공

오늘만 애인, 오늘만 종이컵

버릴 수 없는 것은 짐이다

나는 뜨거움이 순간을 넘기지 못하는 것들을 애용한다

대형 할인마트에서 쿠폰으로 종이컵을 사고
소개팅 무료 앱을 깔았다

모든 만남과 이별은 하룻밤이면 족했다 무거운 이들은 터를
잡고 눌러앉아 사금파리로 남았지만 나는 아픔을 모르는 가벼
운 뒤를 가졌다 역마살이 끼어 머물 수 없는,

　떠도는 오늘들

가끔은 속옷이 흥건하게 젖도록 재활용되기를 원한 적도 있다
무참히 구겨진 날은 길거리를 굴러다니다가 구둣발에 차이고 밟
혔다 내 속에 나를 겹겹이 끼워 넣은 날은 가시나무 새의 울음을
들으며 탑을 쌓고 큰 건물 앞에서 촛불을 밝히기도 했다

깊이 알아 간다는 건
불편한 일

화장을 하다가 행복하니, 라고 물었다 대답을 듣고 싶어서

내 몸뚱이를
내 귀에 대 보았다

무성영화

문을 열면 아침이고
닫으면 밤이었다

소리 소문 없이 동거를 한 나는 열 달 뒤 기진맥진 몸을 풀고
젖을 물렸다 눈 깜짝할 사이, 아이는 막대사탕을 손에 쥘 만큼
자랐다

죽은 쥐가 부엌문 앞에 가지런히 놓인 날

빚보증을 선 그가 혼 나간 사람처럼 벽만 보더니 기어이 밥상
을 걷어찼다 나는 벙어리 냉가슴을 앓듯, 아무 말 못 하고 깨진
그릇들을 치웠다 밤새 비명을 삼키며 매를 맞아도 아침상을 차
리고 아이의 책가방을 챙겨 주었다

말 한 마디는
천 냥의 빚을 갚아 낼 만큼 귀하던 시절이었다

참다 참다 공중전화부스를 찾은 날은 장대비가 쏟아졌다 수

화기를 내려놓고 나오니 비는 그치고 골목의 어둠이 짙었다 말
보다 행동이 먼저인 그는 이불 속에서 진땀을 흘리며 용서를 구
했다

　은유의 날들

　아이가 입 없는 얼굴들을 그렸다

아몬드

이것은 딱딱한 눈물이다

　나무라는 것을 몰랐을 때, 우리는 지하 단칸방에서 시간을 나눴다 너와 나를 갈라놓는 건 죽음 외엔 없다고 믿었다 동거는 추운 등끼리 비비며 오늘을 사는 일

　저 별은 몇 캐럿일까

　막장의 인부가 되어 캐낸 말이 바람과 양식과 아침이 되었다

　아몬드만 하게 되는 일은 간단했다

　곰팡이 핀 매트리스에 누워 늙은 상사를 떠올리고 지하철 임산부석 앞에서 간밤의 약속을 깨기 위한 구실을 찾거나 손가락과 머리의 입장을 바꿔 놓고 생각했을 때,

　우리는 작아졌다

너는 나무가 되길 바랐고
나는 드라이기로 눈물방울을 말리며 거절할 청혼을 기다렸
지만

죽은 듯
잠든 척하는 밤은,

다이die와 아몬드 사이를 오갔다

달빛무월마을*

달거리를 하는 저녁입니다

혼자 먹은 상을 치우고
겉절이 상추처럼 풀기 없이 자리에 눕습니다
푸른 기운은
동쪽 망월봉에 꺼묻은 지 오래
반쪽을 먼저 보낸 몸뚱이는 폐경을 모르고
달마다 가랑이 사이가 짓무릅니다

구름에 가린 보름달처럼
기억을 묻고
바람소리에 귀를 대어 보다가
탯줄 한 번 잇지 못한 설움이 복받쳐
입덧을 하듯 혼잣말을 토해 냅니다

무엇으로 할까

자식의 이름을 짓습니다

이름은 지어 무엇 하나 하다가도
계집애라면,

무월
무월

달빛이 아랫배를 어루만지는
자궁 같은 밤

소원은 언제나 소원疏遠합니다

* 전남 담양군 대덕면 무월길2

머위

혼자 앉은 아침상,

들깨 국은 식고 상 밑의 한기를 참아 내는 일이 힘겨웠다

한숨을 삼키고 밥술을 떠도 내 안에서 자꾸 여린 줄기가 돋아
났다

꺾어도 꺾어도 웃자라는 눈물의 줄기,

숟가락을 드는 일이 무거웠다

그만 내려놓고 싶지만

잘 먹으라는 말이 바람처럼 불어와 눈 밑의 그늘을 일렁였다

이파리처럼 넓은 빈자리에 다시 숟가락을 놓을 수만 있다면

오래 앉아 오물거리니

상 귀퉁이에서 씁쓸함이 차올랐다

우려내야 할 쓰디쓴 내력,

나는 상을 치우고 울음의 껍질을 벗겼다

아무것도 쥘 수 없는 손가락이 검게 물들었다

편평족*

아치가 무너졌다

백 일, 이백 일, 삼백 일…… 무게를 지탱한 건, 마음이 아니라 발바닥의 아치였다 바벨을 들어 올리는 역도선수처럼 표정은 일 그러지고 길의 바깥으로 기운 중심은 시기를 놓쳤다

붙잡을 수 없는 건 오늘만이 아니었다

한쪽으로 닳은 길을 따라 걸으면 당신을 만날지도 모른다 밤 은 중량을 초과하고 세상 모든 이별은 원인불명,

걸을 때마다 뺨 맞는 소리가 났다

* '평발'의 동의어

꼬막같이 앉아

꼬막을 깐다

나는 까지 않은 꼬막 한 알처럼 덩그러니 혼자 남았다 입을 열면 울컥, 갯벌 같은 말들이 나올까 봐 입을 꾹 다물고 살았다 그립다는 말을 혀 밑에 두고 조금씩 속으로 삼켰다 눈앞을 어룽거리는 한 방향의 날들

철썩거리며 휘몰아치는 것은 파도만이 아니라는 걸 알았다 밤새 앓아눕고 일어난 아침이면 입주름은 늘고 골 깊은 한숨에서 갯냄새가 진동했다

그대 떠나고,

꼬막을 깐다 맞닿은 아픔이 벌어지는 시간

내 껍데기를 벗기면

당신의 눈동자가 나올 것이다

귀신새*

누가 휘파람을 부나

애타게 불러도 나오지 않는 사람아 첫차를 타고 서울로 도망
가서 살자던 그 새벽의 약속은 간절한 소리를 외면했다 그 후, 휘
파람을 분 적이 있던가

시집 속에 간직한 승차권 두 장,

기차는 기적을 울리며 떠나고 없지만 자꾸, 첫차에 몸을 싣는
꿈을 꾼다 두부 한 모, 돼지고기 한 근을 사서 휘파람을 불며 달
동네 골목길을 올라가는 뒷모습을 본다 찌개가 끓고 가난을 덮
고 자도 좋았을, 이루지 못해 애달픈 옛적의 시간

해마다 입술이 트는 건 귀신의 조화다

잠 못 이루고 뒤척이는 새벽,

귀신새가 울면

나는 이불 속으로 파고들어 웅크린다

빛바랜 승차권처럼 구겨지고 젖어 드는 것이다

* 호랑지빠귀는 한밤이나 새벽에 휘파람 같은 소리로 구슬피 울어 일
명 귀신새라고 불린다.

민들레의 이름으로

내 몸은 감옥이다

문밖을 나서는 일이 이리도 힘들다는 걸 봄이 되고 알았다

면회 오는 이가 없어,

나는 혼자 발가락을 꼼지락거렸다 종이학을 접으며 차디찬 바
닥을 떠나리라 악착같이 살았다

내 몸엔 수많은 담장이 있다
절망이 있다
아비는 술을 마시고
어미는 새벽기도를 나가고
그대들의 그늘을 벗어나는 일이
죄목이 되었다

종이는 학이 될 수 없다는 사실을 안다

꿈을 접는 건
가석방 없는 날들을 버티게 해 주었다

민들레의 이름으로 지하 계단의 무수한 턱을 내려가 무인점포
를 접고

생을 접고,

내 몸이 부서지는 날

나는 천 마리의 학처럼 날아오를 것이다

상실의 시대를 건너는 '나'와 '부끄러움'에 대한 감각들

전해수 (문학평론가)

상실의 시대를 건너는
'나'와 '부끄러움'에 대한 감각들

　박은영 시인의 시를 읽으며 소설가 박완서가 문득 떠오른다. 아마도 박완서의 소설 「부끄러움을 가르칩니다」가 마주한 전도된 삶과 개인의 뼈저린 자각이 박은영의 시에서 목도되는 '부끄러움'의 감각들과 오버랩이 된 때문일 것이다. 박완서의 소설 속에 표상된 가족사와 결혼생활에 대한 내상(內傷)은 어쩌면 우리가 우연히 들여다본 개인의 불온한 현실이 아니라 그 시대의 상처에 가깝다. 그러나 물질적 가치에 전도된 부조리한 사회에서 삶의 진정성을 회복시키는 것이 타락한 세계에 저항하는 문제적 개인만이 아니라 그 세계에 적응하여 살며 '부끄러움'을 느끼는 왜소한 자아(自我)라는 사실은 박완서보다 박은영의 시세계에서 더욱 짙게 배어 나온다. 1970~80년대와 2010~20년대라는 시기가 다르듯(물론 시와 소설이라는 장르 차이도 존재한다.), 상실과 좌절이 삶의 기

표와 기의가 된 시대에서 특히 박은영의 시는 새롭게 인식되는 '부끄러움'의 감각들을 통해 "무릎으로 절망을 누르던 시간"(이하 첫 시집 『구름은 울 준비가 되었다』의 「시인의 말」에서 인용)을, "생존가능성이 희박할 때" 일어나는 "기적"이 머무는 '가치의 세계'로 승화시키고 있다. 그 가치의 세계는 상실의 시대를 건너는 '나(自我)'와 연결된 '부끄러움의 감각들'이 품은 시의 세계여서 몹시 아릿하고 저릿하다.

> 우리의 피는 얇아서
> 가죽이라고 말하기 부끄러웠다
> 비칠까 봐 커튼을 치고 살아도 속내를 들켰다
> 틈은 많은데
> 쉴 틈이 없다는 것은 조물주의 장난
>
> 우리는 섞이지 않는 체질이지만
> 좁아터진 방에서 꾹꾹 누르며 지냈다
> 프라이팬과 냄비 손잡이에 덴 날은
> 입술을 깨물었다
> 부대끼고 어우러지고 응어리지고
> 그러다가 터지면 알알이 쏟아지던 찌끼 같은 시비들
>
> 찢어지게 가난하다는 말은

아직 찢어지지 않은 것
찢어질 듯 불안을 안고 사는 일이었다

처녀가 아이를 배도 이상하지 않은
무덤 같은 방,
깊이 쑤셔 넣은 꿈속에서
개털과 나무젓가락과 실반지가 나왔다
온도를 잃은 이물질들

방으로 들어오는 건
사람이 아니라
짙게 밴 냄새라는 것을 알았을 때

우리의 피는 얇아서
가죽, 아니
가족이라고 말하기도 부끄러웠다

－「만두」 전문

　　이번 시집의 표제어가 포함된 위 시는 '만두피'에서 연상되
는 '얇다'라는 형용사가 "얇은 피"의 수식어로 사용되면서 혈
육(가족)에 대한 생각들을 상징적으로 드러낸다. 그것은 마
치 만두 '속'과 만두 '피'의 관계처럼, 좁아터진 '방'에서 섞이

지 않는 '가족'인 "우리들"이 부대끼고 살면서 자주 시비가 붙는 모습을 형상화한다. 좁은 방의 내부가 속속들이 비칠까 봐 "커튼을 치고 살아도" 혹은 가난한 삶 속에서 분주하게 "쉴 틈이 없"이 일해도 단칸방 대가족의 삶은 "조물주의 장난"처럼 바뀌지 않는 것이다. "가족"은 얇은 만두피("피"는 다시 "가죽"으로 인식된다.)처럼 찢어질 듯 불안한 상태이다. "찢어지게 가난하다는 말"은 만두피와 견주게 되면서 만두만큼의 가격(가치)을 지닌 '가난함'으로 받아들여진다. 그러므로 "찢어지게 가난하다"는 것은 만두피를 꾹꾹 누른 만두 속처럼 금방이라도 찢겨져 팅겨 나올 것 같은 가족의 무사(無事)와 안위(安危)를 묻는 말이 된다.

그러나 가족(혈육)은 만두가 결코 아니다. 또한 만두는 비좁은 방에서 함께 사는 가족이 될 수 없다. 아이러니하지만, "우리의 피는 얇아서/ 가죽, 아니 가족이라고 말하기도 부끄러"워지는 이 감정은 그래서 더욱 속수무책이다. 비좁은 공간에서 찢어지기 쉬운 혈통(가족사)을 지닌 가난한 가족은 이내 "좁아터진 방에서 (서로를 만두 속처럼) 꾹꾹 누르며" 산 세월들을 "부대끼고 어우러지고 웅어리지"다 끝내는 터져 뭉개진 "시비들"이 "알알이 피를 뚫고" 쏟아지던 시절을 환기하기에 이른다. 단칸방 가족은 만두처럼 눌려서 찢어질 듯 얇은 피(제한된 공간)를 견디는 만두와도 같은 존재가 기어이 되고 만다. "방으로 들어오는 건/ 사람이 아니라/ 짙게 밴 냄새"가 먼저여서, 더욱 치명적인 아픈 기억으로 상기된다. 냄새를 가두는 만두피는 만두피로서의 역할을 다하기 위해 터질 것들을 겨우 싸고 안은 임무를 (안간힘을 다해) 수행한다.

가족은 만두피처럼 사는 얄팍한 가죽의 형질에 비견된다. 시인은 그것을 "찢어지게 가난하다는 말은/ 아직 찢어지지 않은 것/ 찢어질 듯 불안을 안고 사는 일"이라 하며 가난보다 힘든 불안에 대해 냉소적인 태도로 상실의 시대를 건너는 아픔을 회고한다. 시 「만두」는 얇은 만두피의 면면(面面)에서 가족사가 환기되는 지점을 교차시키면서 피(皮, 공간)와 피(血, 혈육)의 접착된 관계를 주시하고 있다.

나는 무거운 자아를 가졌다

중력을 거스르는 새벽

무게를 버린다

한곳으로 향하던 다리와 움켜쥔 손을 떼어 내고 매달리던 두 팔과 밤마다 포란의 둥지를 지어 놓은 머리와 무게를 늘린 불안한 생각을 분리시킨다 너를 찾아 미친 듯이 헤매던 지난날의 몽유

차라리 이 모든 게 꿈이길 바란 적이 있다

집착은 화성을 만들고

생명이 살 수 없는 근원으로 바꾸었다

천근만근 무게를 버리고 미지의 별을 탐사하듯 너의 표면에서 기어이 생존할 것이다 척박한 대지에 물이 돌고 플랑크톤이 춤을 출 때까지 네 곁을 떠나지 않을 것이다 귀환을 포기한 행로

너라는 행성으로 진입하는 길

이제, 심장 하나만 남았다
-「큐리오시티」 전문

절망을 끝까지 체험하려는 자, 바닥까지 뚫고 온전히 분신 (焚身)을 자청하는 자, 생명이 살 수 없는 근원 자체가 되려는 자, 화성 탐사선 「큐리오시티」에는 귀환을 포기한 채 몽유 자체가 되려는 자가 박은영 시의 자아(박은영 시에서의 화자는 화자보다 더욱 밀착된 자아라 해야 맞다.)로 인식된다. 위 시는 소통/불통에 대한 시라 할 수 있다. "무거운 자아"는 "미지의 별을 탐사하듯" "너라는 행성으로 진입하는" '큐리오시

티'가 된다.

화성 탐사선 큐리오시티를 통해 발현된 화자[自我]는 "집착은 화성을 만들고" 화성을 탐사하기 위해 쏘아올린 몸을 "생명이 살 수 없는 근원"을 향하는 "(무거운) 자아"의 "무게를 (과감히) 버리"고, 생존을 내려놓음으로써 이전과는 다른 "심장 하나"를 얻는다. 그것은 "너라는 행성으로 진입하는 길"이 "귀환을 포기한 행로"이기에 가능하다. 절망의 극단으로 달려, 절망 자체가 되어 버리려는 박은영 시인의 시는 이번에는 생존에 대한 의지를 혹은 겨우 하나 남은 심장에 대한 의지를 우주 탐사선 큐리오시티에 싣는다. 우주를 향한 시인의 행로는 큐리오시티처럼 기꺼이 온몸을 분신하는 여정을 통해 '심장'을 새로 만나는 과정을 내보인다. 남은 단 하나의 심장은 이제 '화성' 자체가 된다.

흔들릴 수 있다는 것은 행운이다

억세게 운이 좋은 날은 앞날을 내다볼 수도 있을 테니까 말이다
그러나 나의 흔들림은 비루해서 체머리를 앓는 독거노인의 고독을
닮았다

인생은 혼자인 것이니, 라며 애써 자위를 할수록 모든 날은 으악
새 슬피 우는 계절이었다

울음에도 곡조가 있다

그 음계를 따라 새가 둥지를 짓고 울 줄 아는 것들이 알을 깨고 나
오는 밤이면 나는 불면에 시달렸다 선대가 그랬듯이 젓가락을 쥔
손은 떨리고 혀끝은 둔해져 발음이 허투루 새어 나갔다

늙어 가고 있구나

마른기침을 하면 어린 새들이 입 밖으로 쏟아져 나왔다 허공을
위무하는 날갯짓 아래에서 나는 갈대라는 착각을 하며 여러 해를
살았다 비루한 떨림으로 마디를 세우고 가슴이 벌어지듯 흰 머리카
락을 날렸다

나는 억새,
억세게 팔자가 세서 억만 마리의 새를 키우는가

한 번 웃기 위해선 아흔아홉 번을 울어야 했다

-「억새」 전문

박은영 시인은 버티기 위해 흔들리고 흔들림으로써 다시
나아가는 '억새'의 본능을 닮아 있다. 억새와 갈대는 혼동하

기 쉽다. 이 두 식물은 생김새가 비슷하며 꽃이 피고 지는 계절도 유사하다. 다만 억새는 산이나 뭍에서 자란다. 서식지가 다른 갈대는 산에서는 자라지 못한다. 갈대는 습지나 물가에서 자라며 갈색을 띠지만, 억새는 흰 깃털처럼 혹은 흰 머리카락처럼 흰 빛을 띤다. "나는 갈대라는 착각을 하며 여러 해를 살았다"는 표현에서 시인은 억새와 갈대의 차이를 구분하고 있으며, 억새와 갈대 사이에서 "흰 머리카락을 날"리듯 늙어 가는 세월을 억새의 빛깔로 병치하고 있다.

'흔들린다는 것'은 박은영 시인에게는 자아를 찾아가는 숙명 같은 일이다. 아니다. 오히려 "흔들릴 수 있다는 것"에 대해 시인은 안도하며 생의 의지를 확인한다. '억세게'를 조금 힘을 빼고 부르면 '억새'로 들린다. "나는 억새, / 억세게 팔자가 세서 억만 마리의 새를 키우는가"에서는 새들이 오가는 억새밭이 펼쳐진다. "허공을 위무하는 날갯짓"은 억새를 "으악새 슬피 우는 계절"로 환원한다. "으악새 슬피 우는 계절"은 울음의 곡조를 구성진 슬픔의 장단으로 맞세워 "아흔아홉 번"의 (피)울음을 짓는다. "아흔아홉 번을 울"고 겨우 "한 번 웃"는 시인의 고독한 자아가 시 「억새」에는 깃들어 있다.

꼬막을 깐다

나는 까지 않은 꼬막 한 알처럼 덩그러니 혼자 남았다 입을 열면

122

울컥, 갯벌 같은 말들이 나올까 봐 입을 꾹 다물고 살았다 그립다는 말을 혀 밑에 두고 조금씩 속으로 삼켰다 눈앞을 어룽거리는 한 방향의 날들

철썩거리며 휘몰아치는 것은 파도만이 아니라는 걸 알았다 밤새 앓아눕고 일어난 아침이면 입주름은 늘고 골 깊은 한숨에서 갯냄새가 진동했다

그대 떠나고,

꼬막을 깐다 맞닿은 아픔이 벌어지는 시간

내 껍데기를 벗기면

당신의 눈동자가 나올 것이다

－「꼬막같이 앉아」 전문

"까지 않은 꼬막 한 알"이 박은영 시인이 견디는 자아의 모습이다. 시 「꼬막같이 앉아」에서는 꼬막을 까며 "아픔이 벌어지는 시간"을 마주하는 화자가 선명하게 그려진다. 꼬막은 "까지 않은" 형태로 "덩그러니 혼자 남"아 토해 내지 못한 "말을 삼킨" 입처럼 꾹 다물고 산 세월을 대신한다. 그 입은 다시 "그

립다는 말"을 혀 밑에 두고 삼킨, '닫힌 입'이 된다.

시의 후반부에 "꼬막을 깐다 맞닿은 아픔이 벌어지는 시간// 내 껍데기를 벗기면// 당신의 눈동자가 나올 것이다"는 표현에서 꼬막은 '말한다'는 의미의 '입'으로부터 '바라본다'는 의미의 '눈(동자)'으로 이동하고 있다. 누군가를 본다는 것은 누군가를 말한다는 것보다 더욱 내밀하여 저릿하다. 벌어진 꼬막에서 '눈동자'를 꺼낸다는 시인의 표현에서 절창, 박은영 시의 절창을 듣는다.

새우깡을 쥐고 팔을 뻗으면 갈매기가 채 갔다 손에 쥐고 있는 것은 사라졌다 사라지지 않고 남은 건 검게 그은 모녀와 조개껍데기로 만든 목걸이뿐이었다

조금과 사리가 반복되는 겨울

너에게 아버지가 다섯 있었고 지금 있는 자도 네 아버지가 아니니 네 말이 참되도다

엄마가 인공호흡기를 달고 중환자실에 누워 있을 때, 나는 새우깡을 녹여 먹으며 작은 움직임을 찾아다녔다 조개껍데기를 줍던 바닷가 패각의 무늬처럼 추억은 아픈 부위에 남는 것, 한때 진주를 품었을 가슴 안쪽에서 심장이 뛰고 있었다 그 파동으로 몸의 가장 먼

곳에서 뱃고동은 울리고 밀물은 드는 것인가 깎지 못하게 뭉그러진
발톱까지 바다였다는 것을 갈매기는 죽어도 모를 일

소주병을 쥔 사내를 일으켜 세우려 안간힘을 쓰다 쓰러진, 엄마
의 입술이 파란빛으로 물들어 가는 사리 물때

중환자실 창밖엔
조갯살 같은 눈이 내리고

나는 새우깡을 녹여 먹다 까진 입천장만큼만 아팠다

—「갈매기는 알까」전문

다시 글의 서두로 되돌아가 본다. 박완서 소설의 가족사처
럼, 박은영의 시에는 가족으로 인한 내상이 깊고 치유의 시간
이 길다. 위 시「갈매기는 알까」에서 짐작되는 건 "엄마가 인
공호흡기를 달고 중환자실에 누워 있을 때"의 기간과 그 적지
않은 시간을 화자 홀로 감당하며, "바닷가 패각의 무늬처럼"
오랜 시간 각인된 조개껍데기의 아픈 부위처럼 시인에겐 밀
물이 들고나는 물때가 소용돌이치는 감정을 대신한다는 사실
이다. 짐작컨대 시인이 이처럼 내상이 깊은 이유는 바다의 조
수간만의 차이처럼 "몸의 가장 먼 곳"까지 아픔의 파동을 느
끼기 때문이고, 치유의 시간이 긴 것은 진주를 품은 조개껍데

기처럼 몸 안으로 밀어 넣으며 버틴 인고의 시간을 시인 스스로 반드시 거쳐야 했기 때문일 것이다. 그것은 밀물이 가장 높을 때(사리)와 조수간만의 차이가 가장 적을 때(조금)의 차이를 온전히 느끼는 예민한 감정의 기복을 모두 안아야 하는 아픔, 슬픔, 외로움의 시간을 동반하는 것이어서 화자는 "갈매기가 채" 가는 새우깡을 녹여 먹으며, 입천장의 생채기를 오래 견디는 것이다. 그렇다. 입술이 파란 엄마는 중환자실에 있고, 아버지는 아버지의 임무를 다하지 못하니 가족의 의지처가 아닌 것이다. 아니다. "너에게 아버지가 다섯 있었고 지금 있는 자도 네 아버지가 아니니 네 말이 참되도다"는 표현은 요한복음 4장 18절의 "너에게 남편이 다섯 있었고 지금 있는 자도 네 남편이 아니니 네 말이 참되도다"를 변형한 것인데, 의지처로서의 남편 이전의 아버지(혹은 아버지와 같은 존재)는 화자에게는 대를 이어서도 존재하지 않았다는 상실의 의미로도 이해해 볼 수 있다. 그러나 화자는 자신 외에는 원망이나 비관조차 없다. 오히려 무심하게 갈매기에게 줄 새우깡을 녹여 먹으며 스스로 입 안의 상처에 또다시 상처를 덧댄다. 지속적으로 오래 입천장이 까지는 생채기처럼 마음 깊이 스며든 내상을 마주할 뿐이다. 고통과 인내가 담보된 병상에서의 시간은 "조금과 사리"의 조수간만 물때로 반복되는 시간처럼 하염없이 오고가는 마음의 동요를 오래 겪는 일이다. 밀물을 바라보며 화자는 어떤 결심이나 우격다짐도 필요 없는 시간을 버티고 있는 것이다. 그 상실의 시간은 허무의 시간으로 이어져 병실의 시간과 함께 처연히 흐르고 있다.

그런 것 같다. 박은영의 두 번째 시집『우리의 피는 얇아서』는 상실의 시대를 건너고 있는 자아(화자이기도 하고 시인 자신이기도 하며 어쩌면 글을 읽는 독자로 스며들기도 하는 박은영 시의 특별한 자아)가 품고 있는 내상의 언어들로 꽉 차있다. 그것은 피상적인 삶에 대한 피로감으로 인해 '좌절'이라는 삶의 지표가 불현듯 삶의 진정성을 복원시키고, 내밀한 자아의 감정인 부끄러움으로 환원하는 순수의 세계를 불러들인다. 또한 잊고 있던 '부끄러움'의 감각들을 아프게 일깨워 부끄럽다는 것이 상실과 좌절로 점철된 '뼈아픈 자각'과 대면하는 과정에서 일어난 '깊은 상처의 감정'임을 확인하게 한다.

시인이 삶의 파편들에 의해 생채기가 난 원인을 질문하지 않고, 이처럼 자아를 발견하는 부끄러움에 대한 일련의 감정을 시화(詩化)할 수 있는 것은, '부끄러움'이 후천적으로 체득되기 이전에 이미 태생적으로 지니고 있었던 시인의 원초적인 감각 때문이며, 이 '부끄러움'의 감각들이 지난 삶의 여로에서 놓친, 가치/무가치의 세계를 일깨우고 대면하고 있는 세계와의 갈등을 해소하려는 '마음의 전부'였기 때문이다. 무릇 '나(自我)'는 누구인가를 알아 가는 시 쓰기의 과정이 상실의 시대를 살아가는 박은영 시의 '부끄러움의 감각들'과 만나고 있다.